Kıssadan Hisse Dizisi-5

KEYKÂVUS

Bardaktaki Taşlar

Nasihatnâme'den Seçmeler

Çilek

Çilek Kitaplar : 63

Bilgelik Yolu : 1

Kıssadan Hisse : 5

Kitabın Adı : Bardaktaki Taşlar

Derleyen : Mehmet Akif Ordulu

Resimleyen : Reza Hemmatirad

ISBN : 975-8771-73-6

Yayın Yönetmeni : Rahime Demir

Yayın Danışmanı : Adem Kandemir

Editör : Kevser Türkay Kurt

Baskı Tarihi - Yeri : 2005 - İstanbul

Tashih - Redaksiyon : Çilek Yayınları

İç Dizayn & Uygulama : Yasemin Yentur

Kapak Tasarımı : Yasemin Yentur

Renk Ayrımı : Grafist

Baskı - Cilt : Bilge Matbaacılık

ÇİLEK YAYINLARI

Çatalçeşme Sokak No: 48 Bateş Han 34410 Cağaloğlu/İstanbul

Tel: (0212) 511 84 51 (Pbx) Fax: (0212) 526 71 14

http://www.cilekyayinlari.com

Sevgili okuyucu,

Elinizdeki kitap, "Kıssadan Hisse Dizisi"nin beşinci kitabıdır.

Kıssalar, genellikle içinde olağanüstü olayların da yer aldığı hikmetli konular etrafında dönen, ahlâki öğütler veren, küçük, öğretici olay yazılarıdır. Hemen her kıssadan da alınacak bir hisse/ders vardır.

Bu kitap Keykâvus'un Nasihatnâme'sinden seçilmiş kıssalardan (fıkra, masal, menkıbe, hikâye...) oluşuyor.

Nasihatnâme büyük bir titizlikle incelendi. Nasihatnâme'de geçen en güzel kıssalar dikkatle seçildi. Seçilen bu kıssalar yeniden kaleme alındı. Mümkün olduğunca herkesin anlayacağı bir dille kurgulanıp şekillendirildi. Bunun yanında her bir kıssadan bir hisse çıkarıldı ve metnin sonuna eklendi.

Bütün bunlar yapılırken güzel dilimizin kendine has özelliklerinin korunmasına özen gösterildi. Sonunda pek çoğu kısa ve özlü kıssalardan oluşan bir başucu kitabı çıktı ortaya. Büyük-küçük herkesin kendisinden ve çevresinden birçok şey bulabileceği bir kitap...

Bu kitapla Nasihatnâme'de geçen kıssaları, belki de ilk defa böylesine kolay okunur ve ders çıkarılır bir şekilde sunmuş olduk sizlere. Bu kıssalardan okuyucunun, yaşadığımız hayata dair bir pay alabileceğini umuyoruz.

Bu bağlamda, hayatı anlamlı ve güzel kılabilecek bir çaba da size düşüyor: Okumak ve paylaşmak...

Çilek Yayınları

Suya Bırakılan Ekmekler

Bir zamanlar, Bağdat şehrinde yaşayan Fetih adında bir çocuk varmış. Henüz daha bıyıkları çıkmamış olan bu çocuk, çok zeki, akıllı ve becerikliymiş. Kısa zamanda saray çevresinde bir iş bulmuş kendine. Derken Bağdat Emiri'nin dikkatini çekmiş. Emir, bu çocuğu korumasına almış. Sarayda tutup yetişmesini sağlamış. Fetih, pek çok bilgi öğrenmiş. Emir, onu neredeyse kendi çocukları kadar sever olmuş.

Bir zaman sonra Fetih yüzmeye merak sarmış. Emir, bu isteğini de geri çevirmemiş. Bu işin ustalarını çağırarak ona yüzme öğretmelerini istemiş. Fetih kısa bir sürede yüzmeyi öğrenmiş. Ama henüz küçük bir çocukmuş, çok iyi yüzemiyormuş. Acemi çaylak ne kadar uçarsa o kadar. Ama o, kendince yüzmeyi çok iyi bildiğini sanıyormuş.

Bir gün, ustası yanında olmadan ırmak kenarına gelmiş. Soyunup ırmağa girmiş. Su çok kuvvetli akıyormuş. Su, Fetih'i sürüklemeye başlamış. Fetih kenara çıkmak için çabalayıp durmuş. Ama başaramamış. Çok da yorulmuş. Bakmış ki suya karşı daha fazla direnemeyecek, çâresiz suyun akışına bırakmış kendini. Su, onu alıp şehirden epeyce aşağılara götürmüş. Derken bir ılgın ağacına tutunmayı başarmış. Ancak yukarısı dik bir yarmış. Uğraşmış ama yukarı bir türlü çıkamamış. Yarın altında bir oyuk görmüş. Bu su oyuğuna girip oturmuş. Ancak oyuğun dışarıdan görülmesi çok zormuş. Kara kara düşünmeye, işin sonunun nereye varacağını kestiremeye çalışmış. Şimdilik tehlikeyi atlattığı için de yüce Allah'a şükretmiş.

Saray görevlileri onu ırmak kenarında oynuyor sanıyorlarmış. Bakmışlar ki görünürde yok, hemen koşmuşlar. Irmak kenarında arayıp dur-

muşlar. Ne olduğunu, nereye kaybolduğunu anlayamamışlar. "Herhâlde ırmağa düştü, bir daha da çıkamadı. Boğuldu gitti zavallı!" diye düşünmüşler. Çâresiz geri dönmüşler. Emir'e haber vermişler;

"- Ne yazık ki Fetih ırmakta boğuldu! Siz sağ olun, çok yaşayın!" demişler.

Bu haber Emir'i çok üzmüş. Öyle ki, yedi gün boyunca ağlayıp yasa bürünmüş. Sonra bir karar vermiş. Hiç olmazsa onun ölüsünü buldurup gönül ateşini söndürmek istemiş. Kayıkçılar ve dalgıçlar getirtmiş. Emir verip;

"- Kim Fetih'in ölüsünü bulup getirirse, ona bin altın vereceğim!" demiş.

Kayıkçılar, dalgıçlar sandallara binmişler. Irmağın aşağılarına doğru inmişler. Kayıkçılardan biri, ırmağın kıyılarını didik didik ararken Fetih'i görmüş. Fetih saklandığı oyukta sağ ve esen oturmaktaymış. Bunu kimseye söylememiş. Hemen dönüp Emir'in huzuruna çıkmış. Emir'e;

"- Ya Emir!" demiş. "Fetih'in ölüsünü bulana bin altın vaat ettiniz. Diri olarak bulana ne verirsiniz?"

Emir;

"- Beş bin altın!" demiş.

Kayıkçı hemen gitmiş. Fetih'i sığındığı oyuktan alıp getirmiş. Onu nerede ve nasıl bulduğunu anlatmış. Emir, Fetih'i sağ sâlim görünce çok sevinmiş. Yüce Allah'a şükretmiş. Vaat ettiği beş bin altını da kayıkçıya vermiş. Ardından vezirine şöyle buyurmuş:

"- Hemen hazine odasına git. Kapısını aç, bak, ne varsa ikiye böl, yarısını sadaka olarak halka dağıt."

Ardından da;

"- Hemen yiyecek getirin! Fetih, tam yedi gündür ağzına lokma koymamıştır." demiş.

Fetih;

"- Efendim, ben aç değilim." demiş.

Emir şaşırmış;

"- Irmağın suyuyla insanın karnı doyar mı hiç?" demiş.

Fetih;

"- Hayır efendim!" demiş. "Irmağın kenarındaki oyukta oturduğum sırada, her gün, sofraya benzer bir tahta üzerinde yirmi kadar tandır ekmeği gelirdi. Önümden geçerken ben onu tutar, ekmeklerden birkaçını alır yerdim. Bu yedi gün boyunca böyle devam etti."

Emir meraklanmış:

"- Acaba o ekmekleri suya kim bırakmış olabilir?" demiş.

Fetih;

"- Kimin bıraktığını bilmiyorum." demiş. "Yalnız her bir tandır ekmeğinin üzerinde, ayakkabıcı Hasan Muhammet yazılıydı."

Emir hemen buyruk vermiş:

"- Tez elden tellâl çıkarın! Bu ekmekleri suya bırakan her kim ise gelsin!"

Tellâllar şehrin dört bir yanını dolaşmışlar. Adam buyruğu duyunca çıkıp gelmiş. Emirin huzuruna çıkıp;

"- Ben, ayakkabıcı Hasan Muhammet!" demiş. "O ekmekleri suya bırakan benim."

Emir sormuş:

"- Peki, nişanın nedir?"

Ayakkabıcı;

"- Her bir tandır ekmeğine adımı yazdım." demiş.

Emir;

"- Anlaşılıyor ki, o ekmekleri suya bırakan sensin. Peki söyler misin, bu ekmekleri sen ne zamandan beri suya bırakıyorsun?"

Ayakkabıcı;

"- Bir yıla yaklaşıyor." diye cevap vermiş.

Emir sormuş:

"- Bunu niçin yapıyorsun? Bu işten amacın ne?"

Ayakkabıcı:

"- Efendim, birisinden şöyle bir söz duymuştum: 'İyilik et suya sal, iyilik iyilik ise o seni arar bulur.' Ben de bu söze inandım ve denemek istedim. 'Bakalım suya saldığım iyilik beni arayıp bulacak mı?' dedim."

Emir;

"- O suya saldığın iyiliğin sana hoş bir karşılığı olacak." demiş.

Hemen Bağdat'ın yakınındaki büyük ve verimli bir mülkü ayakkabıcıya bağışlamış. Ayakkabıcı çok sevinmiş. Tapusunu alıp o bağlık bahçelik yere yerleşmiş. Yaptığı iyilik sonunda arayıp onu bulmuş. Ayakkabıcı yoksulluktan kurtulmuş, varlıklı biri olmuş.

Yapılan hiçbir iyilik karşılıksız kalmaz. İyilik yapan onun mükâfatını er geç görür. Bu dünyada olmazsa, öbür dünyada.

Köşklü Gemi

Bir zamanlar yoksul, göçebe bir ailenin iki oğlu varmış. Ana da, baba da bu dünyadan göçüp gitmiş. Delikanlılık çağında olan bu iki oğul da öksüz kalmışlar.

Delikanlılar göçebeliği bırakıp şehre inmişler. Şehir deniz kıyısındaymış. Şehirde bir müddet dolaşmışlar. Sonra bir iş bulup çalışmışlar. Ancak yaptıkları işlerden memnun kalmamışlar. Başka işler düşünmüşler. Büyüğü deniz ticaretine heves etmiş. Küçüğü ise orada kalıp alım satımla uğraşmak istemiş. Bin bir zahmetle biriktirdikleri üç-beş kuruşu paylaşmışlar. Herkes kendi yoluna gitmiş.

Aradan aylar, yıllar geçmiş. Denizlere açılan büyük kardeş limanlardan limanlara koşmuş. Büyük miktarda paralar kazanmış. Gemi sahibi olmuş. Sonunda seferden dönüp ayrıldığı şehre gelmiş. Limana demir atar atmaz, küçük kardeşini aramış. Bulmakta da güçlük çekmemiş. Bakmış ki, küçük kardeşi büyük bir tüccar olmuş. Servet içinde yüzüyor, köşklerde oturuyor ve herkesten de saygı görüyor...

Büyük kardeş, küçük kardeşini biraz kıskanır gibi olmuş. Kendi kendine söylenmiş:

"- Kardeşim zengin olmuş, iyi evler yaptırmış, çok ünlenmiş." demiş. "Ancak sefere çıksa, gittiği yerde, bunun gibi köşkleri olduğunu kim bilebilir? Gemimin üstüne, bu köşklerden daha iyisini yaptırayım ki, yanaştığım her limanda böyle bir köşküm olduğunu herkes görüp bilsin."

Hemen şehrin en iyi ustalarını çağırtmış. Geminin üstüne esaslı bir köşk kondurmalarını istemiş. Ustalar;

"- Bu çok eğreti olur! Eğreti ata binen de tez iner!" demişler.

Büyük kardeş ısrar etmiş. Ustalar tekrar;

"- Bak," demişler, "Bu gemi, bu yükü taşımaz!"

Ancak büyük kardeşe meramlarını bir türlü anlatamamışlar. O, ısrar üstüne ısrar edince;

"- Pekâlâ, günah bizden gitti." deyip işe koyulmuşlar.

Ustalar, kısa zamanda, geminin üstüne o köşkü kondurmuşlar. İş biter bitmez, büyük kardeş hemen gemiye atlamış. Büyük bir gururla ufuklara bakmış. Tayfalara emir verip denize açılmış. Ne var ki, daha ilk fırtınada, köşkün ağırlığına dayanamayan gemi yan yatıp batmış. Hem de içindekilerle birlikte. Hiç kurtulan olmamış.

Sonradan görmüş olanlar, alışılmışın dışında gösteriş meraklısı olurlar. Kendilerini üstün göstermeye çalışırlar. Derken eninde sonunda bir çıkmaza düşerler.

KONUK HAKKI

Adamın biri, bir bölük insanla birlikte, ölümü hak edecek bir suç işlemiş. Adam diğer suçlularla birlikte yakalanmış. Tek tek hesap sorulmaya başlanmış. Sıra o adama gelmiş. Tutup onu da, o devrin emirinin karşısına çıkarmışlar. Emir;

"-Suçu sabitse, gereğini yapın!" diye emir vermiş.

Askerler, suçluya hak ettiği cezayı vermek için hemen harekete geçmişler. Suçluyu emirin önünde diz çökertmişler. Cellatlar öne çıkmışlar. O anda suçlu bütün gücünü toplayarak bağırmış:

"- Ey emir! Allah ve peygamber hakkı için, önce bana bir içimlik su getirsinler. İçeyim de öldürürlerse öyle öldürsünler. Gayrı ferman senindir."

Emir, suçlunun bu son isteğinin yerine getirilmesi için emir vermiş. Suçluya su getirmişler. Suçlu suyu içmiş. Sonra emire dönüp şöyle demiş:

"- Ey emir, yüce Allah senin hayrını artırsın. Senin konuğunum, beni bir içim suyla konuk ettin. Şimdi, senin gibi Müslümanlar beyinin konuğunu öldürmesi uygunsa, buyur öldür. Yoksa bağışla, tövbe edeyim, bir daha bunun gibi iş yapmayayım."

Emir, bu sözleri duyunca gülümsemiş. Suçluya;

"- Ey adam!" demiş. "Konuk hakkı, ulu haktır ve konuğa büyük hürmet gerektir. Madem ki öyle, o hürmete dayanarak suçunu bağışlıyor ve seni azat ediyorum. Bir şartla ki, sen de sözünde dur; tövbe et, artık buna benzer kötü bir iş işleme."

Konuk hakkı, ulu haktır. Konuklara hürmet etmek, onlara saygılı davranmak gerekir. Bu, yüce Allah'ın da sevdiği bir iştir.

DOLANDIRICININ EMANETÇİLİĞİ

Zamanın birinde, orta halli tüccarın biri, hamama gitmek için bir seher vakti evinden çıkmış. Yolda bir dostuna rastlamış. Hamama onu da dâvet etmiş;

"- Ey dost!" demiş. "Gel, bana arkadaş ol, hamama birlikte gidelim."

Adam;

"- Seninle hamama gelemem, çünkü önemli bir işim var. Ama sana hamama kadar yoldaşlık edebilirim." demiş.

Birlikte yola koyulmuşlar. Erken kalktıkları için her ikisinde de uyku sersemliği varmış. Pek de konuşmamışlar. Tüccar önde, arkadaşı da arkada yürümeye devam etmişler. Hamama yaklaşınca tüccar hamama, dostu da kendi yoluna sapmış. Gün henüz tam olarak ağarmadığı için, dostunun kendi yoluna sapıp ayrıldığını anlamamış tüccar. Hâlâ arkasında sanıyormuş.

Meğer o sırada başıboş ve dolandırıcı bir adam, tuzağına düşürüp çarpacağı bir av aramaktaymış ki, tüccarı görmüş. Ellerini ovuşturup peşine düşmüş. Tüccar önde, o arkasında hamamın yanına kadar gelmişler.

Tesadüf bu ya, tüccarın üstünde yüz altını varmış. "Ne olur, ne olmaz, belki hamamda çalarlar." diye düşünmüş. Altınları çıkarmış, dostu sandığı dolandırıcının eline verip;

"- Ey dost!" demiş. "Ben hamamdan çıkıncaya kadar, bu yüz altın sende, emânette dursun."

Dolandırıcı da sesini hiç çıkarmamış. Altınları almış ve yana dönmüş. Tüccar hamama girerken, dolandırıcı da hamam duvarının dibine çökmüş. Tüccar hamama girmiş. Yıkanmış, aklanıp paklanmış. Evine gitmek için çıkmış. O sırada da hava aydınlanmış. Dolandırıcı hâlâ duvarın dibindeymiş. Tüccar gelmiş, dolandırıcının önünden geçip yürümeye başlamış.

Dolandırıcı arkasından seslenmiş:

"- Ey efendi! Efendi!"

Tüccar dönüp bakmış. Dolandırıcı;

"- Gel, bıraktığın emâneti al da öyle git!" demiş. "Bugün senin bu emânetin yüzünden işimden oldum."

Tüccar;

"- Hangi emânet?" diye sormuş.

Dolandırıcı;

"- Hangi emânet olacak? Bıraktığın yüz altın..." demiş.

Tüccar şaşırmış:

"- Yoksa, arkadaşım sanıp da yanlışlıkla sana mı verdim?"

Dolandırıcı;

"- Evet." demiş. "Ama beni işimden ettin!"

Tüccar;

"- Sen ne iş yaparsın?" diye sormuş.

Dolandırıcı;

"- Ben bir dolandırıcıyım." demiş.

Tüccarın şaşkınlığı bir kat daha artmış. Dolandırıcıya;

"- Ya, demek öyle, bir dolandırıcısın ha!" demiş. "Peki niçin altınları alıp da gitmedin? Seni hiç tanımıyordum, üstelik altınları da dostuma verdiğimi sanıyordum. Nasıl oldu da kaçmadın, burada beni bekledin?"

Dolandırıcı şöyle cevap vermiş:

"- Eğer kendi hünerimle seni dolandırmış olsaydım, bin altın bile olsa vermezdim. Ne senden korkar, ne de sana önem verirdim. Ama bana altınlarını emânet ettin. Emânet toplayan, emânet yiyici olamaz. Hem emânete hıyânet etmek, erlik ve civanmertlik değildir. Ben dolandırıcıyım ama, kimi, ne zaman ve nasıl dolandıracağımı bilirim."

Tüccar, bu sözleri duyunca;

"- Sen ki bir dolandırıcısın ve emânete hıyânet etmeyi doğru bulmazsın... Doğrusu senin bu anlayışın beni çok şaşırttı. Değil mi ki emânete bu denli önem verdin, değil mi ki altınları alıp kaçmadın, ben de o yüz altını sana bağışladım. Helâl olsun! Şimdi var, yoluna git." demiş.

Emânete hıyânet olmaz. Emânet olarak bize bırakılan şeyi korumamak, onu kendi yararımıza kullanmak affedilir bir davranış değildir. İnsan odur ki, aldığı emâneti olduğu gibi teslim eder.

Hünersiz Adam Olur mu?

Keykâvus, şöyle demiş:

"- Ey oğul, bilmiş ol ki, bir oğlun olursa, önce ona iyi bir ad koymalısın. İkincisi, büyüyünceye kadar, onu akıllı ve şefkatli bir dadıya emânet etmelisin. Büyüdüğünde, gücünün yettiğince bir düğün yapıp sünnet ettirmelisin. Sonra Kur'an'a gönderesin ki okusun, hafız olsun. Biraz daha büyüyünce, bu kez onu bir silâh üstadına teslim et. Silâhşörlük öğrensin, her bir silâhı nasıl kullanacağını bilsin. Oku nasıl atacak, süngüyü nasıl dürtecek, kılıcı nasıl vuracak ve dahi ata nasıl binecek? Bu hünerleri iyice öğrenip de boş kalınca, ona suda yüzmeyi de öğretmek gerektir."

Keykâvus, bütün bunları söyledikten sonra, "Şöyle ki..." deyip başından geçen bir olayı anlatmış:

Daha on yaşlarındaymış. Sarayda, Ebu Manzar Hacip adında yüksek dereceli bir memur varmış. Bu adam silâhşörlüğü iyi bilirmiş. Babası onu, "Hünersiz adam meyvasız ağaca benzer." deyip, bu adama teslim etmiş. O da Keykâvus'a ata binmeyi, süngü oynatmayı, zıpkın atmayı, çevgânla topa vurmayı, kement atmayı, bir erin bilmesi gereken ne varsa, hepsini gösterip öğretmiş.

Bir gün, Ebu Manzar Hacip, pâdişahın huzuruna çıkmış. Pâdişaha;

"- Sultanım, silâhşörlük adına ne biliyorsam hepsini şehzâdeye öğrettim. Şimdi hünkârım buyursun. Yarın ava çıkılınca, şehzâde öğrendiği bütün hünerleri göstersin, ortaya koysun." demiş.

Pâdişah;

"- Öyleyse hoş ola..." demiş.

Ertesi gün ava gidilmiş. Keykâvus, ne öğrenmişse hepsini ortaya koymuş, bütün hünerlerini göstermiş. Pâdişah pek memnun kalmış. Silâh ustasını ödüllendirmiş. Sonra şöyle demiş:

"- Ey silâh ustası! Oğluma her ne öğretmişsen, iyi öğretmişsin. Ama en az bunlar kadar önemli bir hüner vardır ki, onu öğretmemişsin."

Silâh ustası;

"- Ey sultanım, hangi hünerdir o?" demiş.

Pâdişah;

"- Senin," demiş, "oğluma öğrettiğin bu hünerleri, gerekli olan anda kendi yapamazsa, başkasının onun için yapması mümkündür. Ama benim dediğim hüner odur ki, eğer kendi onu bilmezse, gerektiği an kendisi için onu hiç kimse yapamaz. O hüneri ancak kişinin kendisi bilmeli ki, kendisine hayrı dokunsun."

Silah ustası pek meraklanmış:

"- Ey kutlu pâdişahım! O hüner hangi hünerdir? Bize bağışlar mısınız?"

Pâdişah;

"- O dediğim hüner, suda yüzmektir." demiş. "Oğlum, bir başkasının, kendisi için kılıç vurmasıyla düşmandan kurtulabilir. Ama yüzmeyi bilmezse mutlaka suya batacak ve bir başkasının yüzmesiyle de kurtulması mümkün olmayacaktır."

Silah ustası tez zamanda işe koyulmuş. Şehzâde Keykâvus'a yüzme öğretmek için çevik ve işini bilir bir gemici getirmişler. Ama şehzâdenin bu işe pek gönlü yokmuş. Çünkü suya girmekten korkarmış. Ama istese de, istemese de bu işi öğrenmek zorundaymış. Onu gemiciye teslim etmişler. Tâ ki yüzmeyi öğrenene kadar. Sonunda şehzâde yüzmeyi öğrenmiş. Hem de iyi bir şekilde.

Bu işin üzerinden epey bir zaman geçtikten sonra, Keykâvus Hicaz yönüne bir yolculuğa çıkmış. Şam yolundan Dicle'yi geçip Musul'a varmışlar. Henüz Musul sınırından çıkmışlar ki, kafileleri haramilerin saldırısına uğramış. Haramiler neleri var, neleri yok almışlar. Tekrar Musul'a dönmüşler. Bakmışlar ki memlekete kara yoluyla dönmeleri hiç mümkün değil. Çâresiz gemiye binmişler. Dicle üzerinden Bağdat'a doğru yola çıkmışlar. Ancak ırmak üzerinde çok tehlikeli bir yer varmış. Oradaki girdaba düşen gemilerin kurtulması mümkün değilmiş. Oraya Akbere derlermiş. Orayı ancak usta bir gemici

geçebilirmiş. Gemi çok kalabalıkmış, o yere ulaşmış. Ama gemici usta değilmiş. Gemiyi iyi yüzdüremememiş, gemi girdaba düşmüş ve batmış. Gemideki yirmi iki kişiden ancak üçü kurtulabilmiş. Irmaktan zar zor çıkabilmişler. Diğerlerinin hepsi suda boğulup gitmiş.

Keykâvus, o belâdan kurtulduktan sonra, babasının sevgisi gönlünde biraz daha artmış. Eğer babası ona zamanında yüzme öğretmeseymiş, o da diğerleri gibi ölüp gidecekmiş. Hemen sadaka verip babası için dua etmiş. Sonra şöyle demiş:

"- Bu âlemde kişi belâdan emin olamaz ve başından ne geçeceğini bilemez. Öğrendiğin her hüner, bir gün işine yarayabilir. Öyleyse bu konuda kusur etmemek, öğretilecek hünerleri öğretmek gerek."

Hünerli kişinin toplum içinde mutlaka bir yeri vardır. Hünersiz kişi de meyvasız ağaç gibidir, kabûl görmez. Dolayısıyla üzülüp durur.

Körükçü

Saray ileri gelenlerinden biri olan Güştasb, bir sebeple vatanından ayrı düşmüş. Yolu onu Rum diyarına götürmüş.

Derken İstanbul şehrine varmış. Ama yanında hiçbir dünyalığı yokmuş. Aç susuz kalmış. Utandığı için de kimseden bir dilim ekmek dahi isteyememiş.

Hemen şehirde iş aramaya koyulmuş. Bildiği tek şey körük çekmekmiş. Onu da çocukluk zamanında öğrenmiş. Kimi zaman demircilerin yanına gider, onları seyreder ve körük çekermiş. Ne iyi etmiş de öğrenmiş. Şimdi körük çekerek rızkını kazanabilirmiş. Hemen bir demirci dükkânı arayıp bulmuş.

Güştasb içeri girip;

"- Körük çekme işini bilirim." demiş. "Eğer bir körükçüye ihtiyacınız varsa, ben hazırım."

Hemen onu işe almışlar. Belli bir ücret karşılığında geçmiş körüğün başına. Başlamış körük çekmeye. İstanbul'da kaldığı sürece geçimini körük çekerek sağlamış. Kimseye muhtaç olmamış.

Günün birinde Güştasb vatanına geri dönmüş. Aklında sanat öğretimi varmış. Eskilerin söyledikleri, 'Sanat, altın bileziktir.' sözü sanki beynine bir nakış olarak işlenmiş gibiymiş.

İşe saray erkânından başlamış. Bir sanata, bir zanaata sahip olmanın ne kadar önemli olduğunu anlatmış. Karşısına aldığı kişilere;

"- Sanatı sakın hor görmeyin ve çocuklarınıza mutlaka öğretin." demiş. "Çünkü çoğu zaman erlik, bahadırlık pek bir işe yaramaz. Hat-

ta yakın dost bile... Ama yokluk zamanı, kişinin bir sanatı varsa çok yardımı dokunur. Nitekim ululardan biri şöyle buyurmuştur: 'Sanat, kişiyi yoksulluk sıkıntısından korur.'

Sanat adına ne biliyorsanız, bir gün size lâzım olur. Bundan dolayı, bir zamanlar Acem'de, bütün büyüklerin oğullarının bir sanat öğrenmesi gelenek hâline gelmiş. Hem kendileri öğrenmiş, hem de oğullarına öğretmişler.

Öyleyse sanat olarak ne öğrenebilirsek öğrenelim, bilelim ki, bir gün o öğrendiklerimizin yararı dokunacaktır."

Sanat, altın bileziktir. Kişinin elindeki sanat, değeri hiç eksilemeyen bir servettir. Çünkü kişiyi yoksulluk sıkıntısından korur.

KAVUN KABUĞU

Anlatıldığına göre, bir zamanlar Horasan'da Mehlep adında biri varmış. Adı sanı olan, hatırı sayılır, iyilikleriyle tanınan, makam sahibi bir kişiymiş.

Mehlep bir gün, birkaç bağlısıyla bir mahallede yürüyormuş. Birden küt diye yıkılıp kendini yerde bulmuş. Meğer bir kavun kabuğunun üstüne basmış. Hemen kalkmış. Kuşağındaki bıçağını çekmiş. Kavun kabuğunu doğrayıp parça parça etmiş. Bağlıları ona sormuşlar:

"- Ey üstat! Sen ki büyük, hatırı sayılır ve akıllısın. Nasıl oluyor da, bıçağını çekip bir kavun kabuğunu parçalamaya çalışıyorsun? Bu sana yakışıyor mu?"

Mehlep cevap vermiş:

"- Beni bu kavun kabuğu düşürdü. Ayağımı kaydıran düşmanım budur. Ben öcümü almayayım mı?"

Bağlıları ne diyeceklerini düşünüp durmuşlar. O anda kimsenin aklına şunları söylemek gelmemiş:

"- Evet, düşmanı hor saymamak gerek, hor olsa bile. Kim düşmanını hor görürse, düşman elinde çabuk hor olur. Ama bir kimse ile düşmanlık edersen, kendinin ondan üstün olduğunu bilsen de, zaman zaman onu halka karşı kötüleyip, 'Bakın ne âcizdir.' deme; ona sövüp sayma, onu kimsenin yanında aşağılama. Üstünlüğün, senin için bir övünme sebebi olmasın. Şunun içindir ki; Allah korusun, eğer o sana üstün gelirse, senin için büyük bir ayıp olur; düşmanından daha şaşkın, beceriksiz, güçsüz ve zavallı bir durumda kalırsın, ayrıca dilden dile düşersin."

Düşmana karşı üstünlük bir övünme sebebi olmasın. Ola ki bu üstünlüğünü kaybeder, düşmanının senden acı bir şekilde intikam almasına fırsat verirsin.

Akıllı Sultan

Bir zamanlar Rey bölgesi, bir hanım sultanın buyruğu altındaymış. Seyyide adlı bu sultan, son derece dinine bağlı, dirayetli, gözü pek, zeki ve yetenekliymiş.

Seyyide Sultan, eşinin ölümünden sonra idâreyi ele almış. Pâdişah Fahrüddevle ölünce, geride bir küçücük oğlu kalmış. Yerine bu küçük şehzâdeyi tahta geçirmişler. Şehzâde büyümüş, ama babasının yerini tutamamış, ülkeyi yönetememiş. Ülkede sadece adı varmış. Zevkine de çok düşkünmüş. Gece gündüz eğlenceyle meşgulmüş.

Bu durumu gören annesi Seyyide, işe el koymuş. Oğlunun beceriksizliğini kapatmaya çalışmış. Rey, Isfahan ve Kûhistan üzerinde otuz yıla yakın sürecek olan sultanlığını ilân etmiş. İyi bir yönetim göstererek, ülkesini kalkındırmış. Düşmanın düşmana rahmet okumayacağını da iyi bilirmiş. Bu sebeple daima uyanık davranmış, düşmanların ülke topraklarına ayak basmasına fırsat vermemiş.

Sultanlığının en kuvvetli dönemlerinde, Sultan Mahmut, Seyyide Sultan'a bir elçi göndermiş. Elçinin getirdiği mektupta şunlar yazılıymış:

"- Bundan böyle bana boyun eğeceksin, parayı benim adıma bastıracaksın, yıldan yıla da şu kadar haraç vereceksin. Yoksa varır, ülkeni elinden alır ve seni yok ederim."

Seyyide Sultan, gelen elçiyle şu haberi göndermiş:

"- Ey Sultan Mahmut! Eşim Fahrüddevle sağken senden buna benzer bir söz gelir diye kaygılanırdım. Şimdi eşim öldü, iş benim üzerime düştü, bu kaygı gönlümden çıktı. Dedim ki, Sultan Mahmut büyük ve akıllı bir pâdişahtır. O şunu iyi bilir: 'Düşmanın karınca olsa da hor bakma!' O yine bilir ki, kendi gibi adı sanı olan bir pâdişahın, mal mülk için benim gibi bir kadınla savaşmaya kalkışması doğru olmaz. Ama benimle savaşmaya kalkışırsa, yüce Allah bilir ki, ben kaçacak değilim. Savaşa hazırım. Ama savaşmak iki yönden doğru değildir: Birincisi, elbette bu savaşta iki taraftan biri yenilecektir. Çok kan dökülecektir. İkincisi, eğer seni ve askerini ben yenersem, cümle âleme haber gönderir, derim ki; 'Sultan Mahmut'u yendim, o ki nice sultanları yenmiştir.' Bana da fetihnâme yazarlar, benim için şiirler okurlar. Senin beni yendiğini düşünelim. Sen ne diyeceksin? Ben, bir kadını yendim ve onun ülkesini fethettim mi diyeceksin? Sen, bundan hiç bir övünç elde edemezsin. Gel bu işten vazgeç."

Gelen bu haber üzerine, Sultan Mahmut düşünmüş, taşınmış ve seferden vazgeçmiş. Bir daha da Seyyide Sultan üzerine sefer düşünmemiş. Seyide Sultan'ın bu akıllı girişimi, kendinden daha güçlü olan Sultan Mahmut'un ülkesini istilâ etmesini önlemiş.

Düşmanın senden ne denli güçsüz olursa olsun, önem vermemezlik etme, tetikte bulun. Böyle bir düşman, kayıtsızlığından yararlanır; zayıf yanını bulur ve seni alt eder.

Bağışla ki Bağışlanasın...

Anlatılanlara göre, Muaviye zamanında, halk içinden bir kısım insanlar, ağır cezayı gerektiren bir suç işlemişler. Muaviye, suçluların kendi gözü önünde cezalandırılmalarını istemiş.

Birkaçı hak ettikleri cezaya çarptırılmışlar. Cezasını çekmek üzere, suçlulardan birini daha getirmişler. Cezası verileceği sırada, suçlu söz istemiş. Kendisine izin verilince, Muaviye'ye bakıp;

"- Ey müminlerin emiri!" demiş. "Bize her ne yapsan, işlediğimiz suça göre yeridir. Ki biz suçumuzu kabûl ediyoruz. Ama Allah için iki söz söyleyeyim. Dinle ve bana cevap ver."

Muaviye;

"- Söyle!" demiş.

Suçlu adam;

"- Senin büyüklüğünün," demiş, "yumuşak başlılığının ve şefkatinin olduğu herkesçe bilinir. Eğer bizi bu suçla, bir beyin huzuruna çıkarsalardı, onun şefkati ve büyüklüğü olmasaydı acep bizi ne yapardı?"

Muaviye;

"- Hemen benim yaptığım gibi yapardı." demiş.

Suçlu adam;

"- Öyle ise senin büyüklüğünün ve şefkatinin bize ne yararı vardır?" diye sormuş.

Muaviye o anda irkilmiş. Kendisine şaşkınca bakan beylerine dönüp;

"- Eğer şu kişi, bu sözü daha önceden söylemiş olsaydı, öncekilerin de suçunu bağışlardım." demiş.

Adam pür dikkat Muaviye'ye bakıyor, merakla, gelecek cevabı bekliyormuş. Muaviye adamlarına;

"- Hemen onu ve diğer yoldaşlarını serbest bırakın." demiş.

Adam ve yoldaşları bu karara çok sevinmişler. Elbette, bir daha böyle bir suç işlemeyeceklerine dair de söz vermişler. Bu olaydan sonra, biri şöyle demiş:

"- Bilgeler, 'Şefkati olmayan şefkat bulamaz.' demişler. Kuşkusuz, af isteyen suçluları, tövbe etmeleri ve bir daha yapmamaları şartıyla bağışlamak da bir erdemdir."

Bağışlamak büyüklüğün şânındandır. Çünkü herkesin yapamadığı şey, kötülüğe karşı iyilik etmek, suçluya şefkat göstermektir. Bu erdemlilik, olgunluk belirtisidir.

Ağacın Şahitliği

Bir zamanlar Taberistan'da, bir kadı varmış. Bu kadı gayet dindar, ahlâklı, dürüst, bilge, ince görüşlü, düşünce sahibi ve tedbirli bir kişiymiş. Bir gün, çâresiz kalmış adamın biri makamına gelmiş. Birisinden davacı olmuş. Davacı olduğu adama bir zaman önce yüz altın verdiğini ama geri alamadığını söylemiş. Kadıdan hakkını istemiş.

Kadı her ikisini de çağırmış. Kadı dâvalıya sormuş:

"- Söylediği gibi bu kişinin sende yüz altını var mıdır?"

Dâvalı inkâr etmiş:

"- Bu adamın bende değil yüz altını, hiçbir şeyi yoktur:"

Kadı bu kez davacıya sormuş:

"- Cevabı duydun, tanığın var mıdır?"

Dâvacı;

"- Yoktur!" demiş.

Kadı;

"- Öyleyse yemin ettirelim buna." demiş.

Dâvacı yalvarmış:

"- Ey adâlet dağıtıcısı! Bana yardım et! Benim tanığım yok ve o, yemin etmekten hiç çekinmez."

Kadı, dâvacıya biraz çıkışmış:

"- Senin yüzünden doğru yolun dışına çıkacak değilim elbette! Sana tanık, ona da ant gerek!"

Dâvacı;

"- Ey adâlet sağlayıcı, aman!.." demiş. "Ben mazlumum, eğer bana yardım etmezsen zararlı çıkarım. 'Hak yerde kalmaz.' derler. Bir tedbir al, benim işime bir çâre bul..."

Dâvacı gözyaşı dökmeye başlamış. Kadı, sonunda onun doğru söylediğine inanmış. Dâvacıyı korumak, hakkını almak istemiş. Dâvacıdan biraz daha ileri çıkmasını istemiş. Dâvacıya sormuş:

"- Söyle bakalım, bu şahsa altınları ne için vermiştin?"

Dâvacı cevap vermiş:

"- Ödünç vermiştim."

Kadı;

"- Nasıl ödünç vermiştin? Bana anlatıver." demiş.

Dâvacı anlatmaya başlamış:

"- Ömrünüz uzun olsun efendim... Bu adam benim dostumdu. Çok sevdiği, varlıklı bir hanımefendiyle evlenmek istiyordu. Ama evlenecek parası pulu yoktu. Bunun için ağlayıp sızlıyor, çok üzülüyordu. Bir gün ikimiz bağlar arasında gezintiye çıktık. Biraz dinlenelim diye bir ağacın altına oturduk. Bana, o hanımefendiden söz etti ve ağlamaya başladı. Bağını satmak istiyordu. Ama yok pahasına satacaktı, zarar edecekti. Ona çok acıdım. Yirmi yıla yakın arkadaşlığımız vardı. Dayanamadım. İçimden, "Dost, kara günde belli olur. Ona bugün yardım etmeyeceksen, ne zaman edeceksin?" diye geçirdim. Sonra ona şöyle dedim:

'Senin o hanımefendiyle evlenecek paran yok. Kimse de sana yardım etmeyecek. Bu sevda da seni tüketecek. Bir bağın var, onu da yok pahasına satmaya kalkıyorsun. Bu doğru değil. Bak, kötü günler için kıyıda köşede sakladığım yüz altınım var. Başka da yok. Varım yoğum bu yüz altıncıktır. Onu sana ödünç vereyim. Sen de üzerine birkaç altın daha ekle ve o hanımla evlen. Bir-iki ay sonra da bağını değerine sat, bana altınımı geri ver.'

Bu arkadaş ellerime sarıldı. Yeminler edip, 'Söz, o bağı iki ay içinde değerine satıp senin altınlarını geri vereceğim.' dedi. Altınlar üzerimdeydi. Altıncığımı belimden çözdüm, altınları tek tek sayıp eline verdim. Orada yüce Allah'tan başka kimse yoktu, bir bu arkadaş vardı, bir de ben. Sonra evlendi. Aradan değil iki ay, dört ay geçti. Ne bağı satıyor, ne de altınlarımı veriyor. Bırakın vermeyi, bir de inkâr ediyor."

Kadı, dâvacıyı dikkatlice dinledikten sonra;

"- Altınları bu kişiye verdiğin zaman nerede oturuyordun?" diye sormuş.

Dâvacı;

"- Bir ağacın dibinde." demiş.

Kadı;

"- Ağaç dibinde oturmuşsunuz da niçin tanığım yok dersin?" demiş.

Sonra dâvalıya, inkârcıya;

"- Yaklaş, sen benim yanımda otur." demiş.

Kadı, tekrar dâvacıya dönmüş:

"- Canını üzme! Allah doğrunun yardımcısıdır. Git, o ağacın dibine var, iki rekât namaz kıl, bir çok salâvat getir, sonra da o ağaca, 'Seni kadı çağırıyor, gel bana tanıklık et!' de."

Kadının bu sözlerini duyan inkârcı gülümsemiş. Kadı onun gülümsediğini görmüş ama görmezden gelmiş. Altınlarını isteyen adamsa biraz şaşkınmış. Kadı ona;

"- Haydi git, daha ne duruyorsun! Ağaca söyle, çabuk gelsin. Çok işimiz var, bizi bekletmesin." demiş.

Davâcı;

"- Korkarım benim sözümle gelmez." demiş.

Kadı bir belge vermiş:

"- Götür bu belgeyi göster ve ona, 'Kadı seni çağırıyor, işte belge, gel ve tanık olduğun şeyi söyle!' de."

Dâvacı, kadının verdiği belgeyi alıp gitmiş. Borcunu inkâr eden adam da kadının yanına oturmuş. Ama kadı onunla hiç ilgilenmemiş, dönüp yüzüne bile bakmamış. Başka dâvalarla meşgul olmuş. İnkârcı kendi kendine düşüncelere dalmış. Kadı o anda ansızın dönmüş ve ona sormuş:

"- O şimdiye kadar ağacın dibine vardı mı acaba?"

İnkârcı;

"- Yok, henüz varmamıştır." demiş.

Kadı yine işine dönmüş. İnsanların dâvalarıyla ilgilenmiş. O sırada, dâvacı elindeki belgeyle altında oturdukları ağacın yanına varmış. Kadının söylediklerini yapmış, sonunda da belgeyi göstermiş. Bir zaman beklemiş. Ama bakmış ki ağaçtan hiç ses çıkmıyor. Gelecek gibi de

değil. İyice kaygılanmış. Yapacak bir şeyinin olmadığını anlayınca geri dönmüş. Kadının huzuruna çıkıp;

"- Vardım, dediklerinizi yaptım, verdiğiniz belgeyi de gösterdim, ama gelmedi." demiş.

Kadı;

"- Yanılıyorsun!" demiş. "O ağaç geldi, tanıklık da etti." demiş.

Kadı hemen inkârcıya dönmüş:

"- Çabuk borcunu öde! Yoksa o bağı zorla sattırır, bu adamın altılarını veririm!" diye çıkışmış.

İnkârcı adam şaşkın bir şekilde;

"- Bu gideli beri ben buradan ayrılmadım, o ağaç da gelip tanıklık etmedi!" demiş.

Kadı, inkârcıya;

"- O ağaç ha! Eğer o altınları sen almamış idiysen, sana, 'O şimdiye kadar ağacın dibine vardı mı acaba?' diye sorduğumda, sen niçin, 'O ağacı ben bilmiyorum.' demedin de, 'Yok, henüz varmamıştır.' dedin? Demek ki sen o ağacı biliyorsun..."

İnkârcı kendini savunmak için konuşmaya başlamış. Ama kadı, "Borçlunun dili kısa gerek." demiş ve onun daha fazla konuşmasına izin vermemiş. Adamı suçlu ilân edip kararını açıklamış:

"- Dâvacı haklıdır. Dâvalı, bağını bir-iki gün içinde satacak, borcunu hak sahibine ânında ödeyecek. Ayrıca yalan söylediği için de, ya şu kadar altın verecek hazineye, ya da şu kadar kırbaç yiyecek."

Böylece hak yerini bulmuş, zavallı dâvacı da günler sonra ilk defa mutlu olmuş.

Bir anlaşmazlığı ortadan kaldıran yol, doğru yoldur. Bu her zaman üstün gelir. Bu da haklıya hakkının, suçluya da cezasının verilmesi demektir.

PAZARLIKÇI TÜCCAR

Anlatıldığına göre, bir tüccar, bir başka tüccarın mağazasına varmış. Müşteri olan tüccar, bin altın verip kumaş satın almış. Sonra her ikisi de iyice hesap etmiş. Aralarında bir altınlık fark çıkmış.

Satan tüccar;

"- Senin bende bir altının kaldı." demiş.

Alan tüccar da;

"- Hayır," demiş, "bir kırat daha fazladır."

Derken biri, "Bir altın." demiş; diğeri, "Bir altın ve bir kırat!" demiş. Bu hesap uzayıp gitmiş. Başa dönüp tekrar tekrar hesaplamışlar. Akşama kadar söyleşip durmuşlar. Alıcı tüccar bir kırat altın için ısrar edip durmuş. Hatta sesini bile yükseltmiş, kavga eder hâle gelmiş.

En sonunda satıcı olan tüccar, bu tartışmalardan bıkıp teslim olmuş. Alıcı tüccara;

"- Tamam," demiş, "bir altın ve bir kırat!"

Sonra çıkarıp vermiş. Öteki tüccar da alıp gitmiş. Satıcı tüccarın bir çırağı varmış. Alıcı tüccar çıkınca, arkasından hemen o da çıkmış. Meğer yapılan pazarlık esnasında, kumaş çıkarıp indirerek onlara yardım edip durmuş. Alıcı tüccara bir koşuda yetişmiş. Tüccara;

"- Efendim," demiş, "siz kumaş alırken, size yardımda bulundum. Kumaşlarınızı çıkardım, açtım, sardım, yerine koydum. Ama bana bahşiş vermeyi unuttunuz..."

Tüccar, çırağa şöyle bir bakmış. Başını okşamış, ardından da elini cebine atmış. Öğleye kadar pazarlık ederek kopardığı o bir altınla, bir kıratlık altını çıkarıp çırağa vermiş. Çırak altınları alıp içeri girmiş. Ustası tüccar sormuş:

"- Nereye gittin?"

Çırak;

"- O kumaş alan adamdan bahşiş istemeye gittim." demiş.

Ustası;

"- Be ahmak!" demiş. "O ki sabahtan akşama kadar bir kıratlık altın için kavga edip durdu, bağırdı çağırdı ve kimseden utanmadı. Hâl böyleyken, sana bir şey vereceğini nasıl umdun da, peşinden koşup gittin?"

Çırak aldığı altınları göstermiş. Ustası şaşırmış. Kendi kendine, "Ey ulu Rabbim! Bu çocuk akıllı bir çocuk değil. Üstelik pek de beceriksiz. Acaba onu çok küçük gördü de onun için mi verdi bu altını? O cimri kişi, böyle bir cömertlikte nasıl bulundu acaba? Bunda bir iş, bir sır var. Gidip onu görmem gerek." demiş. Kalkmış, o tüccarın ardından gitmiş. Tüccarı sokakta yakalamış. Onu bir köşeye çekip;

"- Ey beni yorup hâlsiz bırakan, dur hele!" demiş. "Sende acayip bir hâl gördüm. Doğrusu beni şaşkına çevirdin. Gördüğüm şu ki, benimle akşama kadar bir kırat için onca insanın içinde çekişip durdun. Almadıkça bırakmadın. Benden aldın, sonra tutup onu benim çırağıma bahşiş olarak verdin. Peki, bunca çekişip zahmete girmenin yararı nedir? Pazarlık yapmadaki o cimriliğinin, bahşiş vermedeki bu cömertliğinin hikmeti nedir? Bunu bana anlat, açıkla!.."

Tüccar şu cevabı vermiş:

"- Bunda şaşacak ne var? Madem ki ben tüccarım, tüccarlığın şartını korumam gerek. Tüccarlığın şartı odur ki; alışverişte bir akçası giden, bilsin ki ömrünün yarısı gitti. Cömertlik zamanında vermesi gereken nesneyi esirgeyen de bilsin ki, o hareketi aslının kötülüğüne tanıklık etti. Bu sebeple ben ne ömrümün yarısını yitirip zararlı olmak, ne de aslımın kötü olduğuna tanıklık etmek istedim. Böylece hem adımı, hem ömrümü korudum."

Satıcı tüccar bu cevabı alınca, daha öğrenmesi gereken şeyler olduğunu anlamış. Teşekkür edip tüccarı uğurlamış, kendisi de dükkânına dönmüş.

İşini küçümseyen kişi para kazanamaz. Para kazanmayanın sonu dilenciliktir. Öte yandan, kazanan kişi de yardım konusunda cömert olmalı ki, toplumda iyilik duygusu kök salsın.

Tamahkârin Sonu

Bir zamanlar bir çoban varmış. Bu çoban son derece haksever, haram yemeyen, temiz yaşayışlı, iyi huylu, işine bağlı biriymiş. Varlıklı birinin yanında çalışır, bütün gün onun koyunlarını güdermiş. Akşam olunca da koyunları sağar, sütünü koyun sahibine getirirmiş.

Ancak çobanın çok rahatsız olduğu bir konu varmış. Koyun sahibi, sağılıp gelen sütün içine, sütün yarısı kadar su katar; sonra çobana verir, "Git bunu sat." dermiş. O da, içi acıyarak su katılmış sütü alır; satmaya götürürmüş. Satışa çıkmadan önce de mal sahibine;

"- Yapma! Hile ile iş gören onmaz. Halka bu sütü böyle satma. Korkarım bu işin sonu kötüye varacak." dermiş.

Ama mal sahibi bu sözlere hiç aldırmazmış, hatta çobana kızarak;

"- Hadi sen işine bak! Senin böyle şeylere aklın ermez!" dermiş.

Çâresiz kalan çoban, su katılmış sütü alıp satmaya götürürmüş. Sütü satarmış ama içi de yanar dururmuş. Bu iş hemen her zaman böyle olurmuş. Süte suyun katılmadığı zaman yok denecek kadar azmış. Çoban da bıkmadan usanmadan, horlanmayı göze alarak adamı uyarmaya çalışırmış. En son uyarmalarının birinde, mal sahibine;

"- Bak!" demiş. "Bir kez daha söylüyorum: 'Hileyle iş gören kişi mihnetle can verir.' derler. Gel bu işten vazgeç. Hilekârın sonu çürük olur."

Adam bu sözü de işitmemiş. Bildiği gibi yapmaya devam etmiş. Çoban da artık ses çıkarmaz olmuş. Yine bir ilk yaz günü, çoban koyunları almış, bir derenin kenarındaki çayırlığa götürmüş. Koyunlar güzelce yayılıp karınlarını doyurmuşlar. Öğleye doğru da derenin kenarındaki bir ağacın dibine yatmışlar. Çoban da koyunları görebileceği yüksekçe bir yere yatmış.

Onlar yata dursun, hava birdenbire kararmış. Gök gürlemiş, fırtına kopmuş. Çoban kalkıp da, "Ne oluyor?" demeden bir şarlama, bir gürültüyle irkilmiş. Yukarıdan öyle bir sel gelmiş ki, önünde durulacak gibi değil. Dere yatağına sığmayan sel, koyunların tümünü alıp götürmüş. Koyunların hiçbiri sağ kalmamış. Çoban kendi canını bile zor kurtarmış. Eğer yüksek bir yerde olmasaymış, sel onu da alıp götürecekmiş. Çoban kurtulduğuna şükretmiş.

Çoban çâresiz koyun sahibinin yanına gelmiş. Koyun sahibi olan bitenden habersiz;

"- Hani süt nerede? Niçin getirmedin?" diye sormuş.

Çoban;

"- Koyun nerede ki süt getireyim?" diye cevap vermiş.

Koyun sahibi kızarak;

"- Saçmalama! Ne demek koyun nerede ki? Koyuna ne oldu?" diye sormuş.

Çoban;

"- Ne olacak, gitti!" demiş. "Defalarca ben sana, 'Süte su katma, hile ile iş görme, halka bu sütü satma!' diye yalvarmadım mı? Sen ise hiç dinlemedin. İşte o süte kattığın sular toplandı, birikti, bir ulu sel oldu; geldi, bütün koyunları aldı ve gitti!"

Koyun sahibi neye uğradığını bilememiş. Bir anda bütün dünyası yıkılmış. Günlerce kendine gelememiş. Bu hilekâr, aç gözlü adam bir daha varlık sahibi olamamış. Ölünceye kadar da sıkıntıdan kurtulamamış.

Hile ile iş gören mihnet ile can verir. İşlerine hile karıştırmış, başkalarını aldatmış olan kişi son nefesini acılar çekerek verir.

Âdil Vezir

Acem pâdişahlarından biri, bir olay nedeniyle vezirine çok kızmış. Hemen onu vezirlik görevinden almış. Vezirliği başka birine vermiş. Görevden aldığı vezire de öyle demiş:

"- İyi günlerimiz de oldu. Pek çok hizmetlerde bulundun. Bunu unutmam mümkün değil. Bu nedenle benden bir yer iste. Sana o toprağı tımar olarak vereyim. Git, yakınlarınla oraya yerleş ve oranın geliriyle geçin."

Görevden alınan vezir;

"- Çok cömertsiniz pâdişahım!" demiş. "Lâkin bana bayındır ve nimeti bol bir yer gerekmez. Eğer bana merhamet edersen yıkık, virân olmuş bir köyceğiz bağışla. Böylece ben bir hırka giyeyim, varayım orada oturayım, yıkık köyü imar edeyim, size de duacı olayım."

Pâdişah, eski vezirinin bu teklifini kâbul etmiş. Hemen emir vermiş:

"- Ne kadar yıkık köy istiyorsa bulup verin!"

Saray ileri gelenleri hemen seferber olmuşlar. Yıkık dökük, virân bir köy aramaya başlamışlar. Arayıp durmuşlar ama değil yıkık dökük bir köy bulmak, o memlekette saban değmedik bir yer bulamamışlar.

Dönüp gelmişler. Pâdişahın huzuruna çıkıp;

"- Pâdişahımız, şaşılacak bir şey ama memlekette yıkık bir köy bulamadık!" demişler.

Pâdişah da şaşıp kalmış bu işe. Ama işi anlaması fazla sürmemiş. Tebessüm etmiş. Kendi kendine, "Vezir böyle bir köyün olmadığını mutlaka biliyor olmalı!" demiş. Hemen eski vezirini çağırıp;

"- Memlekette yıkık bir köy bulunamamıştır. Sence ne yapalım?" diye sormuş.

Eski vezir;

"- Pâdişahım," demiş, "ben de bilirdim ki kendi vezirliğim zamanımda harap köy kalmamıştı. Mâdem ki mülkünün bekçiliğini benden aldın, bâri öyle birine ver ki, ondan da almak istediğinde artırmamış olsa bile, hiç değilse eksiltmeden yine bütün olarak size geri versin. Gayrı bundan sonra ferman sizin, rıza göstermek de benimdir."

Pâdişah o gün, büyük bir hata yaptığını anlamış. Son derece yetkin, olgun, iş bilen, dürüst ve görevine sâdık bir insanı yok yere görevinden uzaklaştırdığı için pişman olmuş. "Kişi ettiğinden utanmalı!" deyip harekete geçmiş. Eski vezirinden özür dilemiş. Ona tekrar eski görevini geri vermiş. Vezirine daha derin bir muhabbet duyup, hürmet göstermeye başlamış.

Doğrunun yardımcısı Allah'tır. İşlerinde doğruluktan ayrılmayan kişiye yüce Allah her zaman yardım eder, onu yalnız bırakmaz.

EDEN BULUR

Anlatıldığına göre Sultan Mesut korkusuz, yiğit ve cesur bir hükümdarmış. Ama memleket idâresi nedir, halk nasıl yönetilir, işler nasıl görülür? Bunları pek bilmezmiş. Öte yandan eğlenceye de çok düşkünmüş. Gece gündüz zevk peşinde koşmuş. Bütün varını yoğunu heba etmiş. Öyle bir noktaya gelmiş ki, sultanlık kaygısını da iyice yitirmiş.

Derken sultanın buyrukları kulak arkası edilmiş. Ne halk uymuş bu buyruklara, ne de devlet görevlileri. Yöneticilerin her biri kendi başına buyruk olmuş. Kimseden korkmadan millete zulmetmeye başlamışlar. Ülke bir kargaşaya sürüklenmiş. Adâlet dağıtacak kimse kalmamış. Ülkede yer yer isyanlar çıkmış, işler içinden çıkılmaz bir hâl almış. Kısacası, sultanın

esâmesinin okunmadığı ülkede, ıssız eve it buyruk olmuş. İşler aşağılık kimselerin elinde kalmış.

İşte bu zamanda, Rıbat derler bir yerde de, yöneticinin biri halka zulmeder dururmuş. Zulmettiklerinden biri de yaşlı, kimsesiz bir kadınmış. Yönetici onun malını mülkünü zorla elinden almış. Çâresiz kalan yaşlı kadın, onca yolu göze alarak yola çıkmış. Zorlu bir yolculuktan sonra Gazne'ye gelmiş. Bir yol bulup Sultan Mesut'un huzuruna çıkmış. Derdini söyleyip adâlet istemiş. Sultan Mesut bir ferman çıkarmış. Yaşlı kadına verip kendisine zulmeden yöneticiye götürmesini istemiş.

Yaşlı kadın fermanı alıp Rıbat'a geri dönmüş. Fermanı yöneticiye vermiş. Yönetici fermanı açıp okumuş. Kendi kendine, "Bu yaşlı kadın bir kez daha Gazne'ye gidecek gücü kendinde bulamaz, pes eder." demiş ve fermanı hiç önemsememiş. Yine dilediğince hareket edip yaşlı kadının hakkını vermemiş.

Zavallı kadıncağız hakkını alamayınca çok üzülmüş. Bir zaman sonra, "Zalimin ettiği yanına mı kalsın? Hayır, zalim ettiğini bulmalı!" demiş ve o yaşlı hâliyle tekrar yollara düşmüş. Bin bir zahmetten sonra Gazne'ye ulaşmış. Sultanın huzuruna çıkmış. Nasıl haksızlığa uğradığını yeniden anlatmış. Sultan ona yine bir ferman vermiş. Yaşlı kadın fermanı alınca;

"- Ey Sultanım!" demiş. "Bana daha önce de bir ferman vermiştiniz. O fermanı ilettim o kişiye. Ama o fermanınıza uyup da haksızlıktan geri dönmedi."

Sultan, yaşlı kadına şöyle bir bakıp;

"- Bana düşen ferman vermek." demiş. "Peki söyler misin, fermanımla iş görmezlerse ne yapmak gerek?"

Yaşlı kadın;

"- Ne yapacağınızı ben mi söyleyeyim?" diye sormuş.

Sultan;

"- Evet, söyle bakalım nasıl bir tedbir almalı?" demiş.

Yaşlı kadın;

"- Tedbir odur ki, sultanlığı, buyruğunuzun geçtiği yerde sürdürün." demiş. "Buyruğunuzun geçmediği yeri elinizden bırakın; orayı, hükmünü geçiren bir kimse elinde tutsun. Görünen o ki, siz zevk ve eğlence içindesiniz. Yüce Allah'ın kulları ise zulme tutsak olmuşlar. Peki siz, yarın Allah'a ne cevap vereceksiniz?"

Yaşlı kadının bu sözleri, Sultan Mesut'u bir şaşkınlığa itmiş. Sultan sıkılıp utanmış. Ama düştüğü gaflet uykusundan da uyanmış. Bir anda doğrulmuş. Kararlı bir şekilde etrafındakilere bakmış. Hemen;

"- O kişiye buyurduğum gibi edesiniz!" demiş.

Bir ferman yazdırmış. Ardından da eklemiş:

"- Kim ki bu fermana uymaz, bilsin ki, fermandaki buyruk kendi başına uygulanacaktır!"

Ferman, Rıbat'a tez zamanda ulaşmış. O yetkili hemen yakalanmış. Yaşlı kadının hakkı gözetilmiş, malı mülkü geri verilmiş. Ferman o yetkilinin boynuna takılmış. Şehir sokaklarında dolaştırılmış. Sonra tellâllar halkı meydana çağırmış. Sultan buyruğunu tutmayanın cezası nasıl verilirmiş, herkes görsün istenmiş. Sonunda herkesin gözü önünde, haksızlık yapıp halka zulmeden yöneticinin cezası verilmiş. Hak yerini, zulüm yapan da lâyığını bulmuş.

Bu olay, halk üzerinde etkili olmuş. Dilden dile anlatılmış. Ondan sonra, kimse sultanın buyruklarına karşı iş görmeye cesaret edememiş. Bu olaydan sonra sultan da daha uyanık davranmaya, gaflete düşmemeye ve iyi işler yapmaya çalışmış.

Hiçbir kötülük karşılıksız kalmaz. Kötülük yapan kimseler, er geç yaptıklarının cezasını çekerler.

Bir Parça Helva İçin

Devrinin önemli bilgelerinden olan Şibli, bir mescide girmiş. Meğer mescitte okul çocukları varmış. Yaşları da epey küçükmüş. Şibli bir köşede ibâdetini tamamlamış. Sonra birkaç kişi ile birlikte oturmuş.

İki çocuk Şibli'ye pek yakın oturmaktaymış. Birinin zengin, diğerinin de fakir bir aileden geldikleri her hâllerinden belliymiş.

Acıkmış olacaklar ki, çocukların her ikisi de çıkınlarını açmışlar. Zengin aile çocuğunun çıkınında bir parça helva varmış. Yoksul aile çocuğunun çıkınında ise bir parça kuru ekmek.

Zengin aile çocuğu, çıkardığı helvayı iştahlı iştahlı yemeye başlamış. Yoksul aile çocuğu helvaya imrenmiş. Zengin aile çocuğuna;

"- Bana bir parça helva verir misin?" demiş.

Zengin aile çocuğu;

"- Veririm," demiş, "ama benim köpekçiğim olacaksın!"

Yoksul aile çocuğu;

"- Köpekçiğin oldum, haydi ver." demiş.

Bunun üzerine zengin aile çocuğu;

"- Haydi o zaman," demiş, "köpek gibi havla da helvanı vereyim!"

Yoksul aile çocuğu deneni yapmış. Köpek gibi havlamış. Bu hareket zengin aile çocuğunun çok hoşuna gitmiş. Tutmuş bir parça helva vermiş. Bu böyle devam etmiş. Biri köpek gibi havlamış, diğeri de ona helva vermiş. Tâ ki helva bitene kadar.

Bu olay Şibli'nin gözünden kaçmamış. Hüzünlenmiş, gözleri dolu dolu olmuş. Onun bu hâlini görenler sormuşlar:

"- Ey ulu kişi, ne oldu ki gözlerin böyle doldu?"

Şibli;

"- Görmez misiniz ki, tamah insana neyler?" demiş. "Şu çocuk kuru ekmeğiyle yetinseydi, bir insanken hiç köpek gibi havlar mıydı?"

Oradakilerden biri;

"- Evet, boşuna dememişler..." demiş, "Kanaat nefsin yularıdır.' diye."

Deveyi yardan uçuran bir tutam ottur.
Küçük çıkarlar peşinde koşmak,
kimi zaman kişinin yıkımına yol açar.

NE EKERSEN...

Bir zamanlar Gence'de, Fadlun adlı bir şah varmış. Bu şah, güçlü akıl yürütmeleriyle tanınan Deylem adlı birini de kendisine danışman yapmış. Hemen her konuda ona danışır, onun görüşünü almadan bir işe karar vermezmiş.

Ancak Deylem merhamet yoksunu, acımasız bir danışmanmış. Biri bir suç işlese, şah da onu zindana attırsa, Deylem şöyle bir öğüt verirmiş:

"- Ey Şah!" dermiş. "İstediğin gibi hareket edeni, senin yolunda gideni incitme. Karşı gelenleri de madem ki inciteceksin, bâri öldürmedikçe bırakma."

Şah doğru olduğuna inanarak bu merhametsiz danışmanın fikirlerine uymuş; pek çok suçsuz insanın kanına girmiş. Derken bir gün ansızın bir kaza olmuş. Deylem, her nasılsa şahın huzurunda küçük bir suç işlemiş. Şah da onu zindana attırmış.

Yanıp tutuşan, şahı da çok iyi tanıyan Deylem, araya birilerini koymuş. Şaha haberler göndermiş:

"- Bütün malımı mülkümü vereyim, yeter ki beni öldürmesin!" demiş.

Şah, aracıları dinleyip şöyle demiş:

"- O bana şöyle demişti: 'İstediğin gibi hareket edeni, senin yolunda gideni incitme. Karşı gelenleri de madem ki inciteceksin, bâri öldürmedikçe bırakma.' Ey Deylem'in dostları! Ona söyleyin ki, onun öğüdüne uyup iş işleyen ben, yine öğüdüne uyarak onun ölüm fermanını vereceğim. Kurtuluşu yoktur."

Şah, kararından vazgeçmemiş. 'Kişi ektiğini biçer, ettiğini bulur.' derler ya, Deylem de kötü öğütleri yüzünden kendi başını yele vermiş.

Kişi tedbirsizliği, akılsızlığı yüzünden öyle bir yol izleyip yanlış bir iş yapar, başını öyle bir derde sokar ki, böyle bir kötülüğü başkaları ona yapamaz.

BİLEN KİM?

Anlatırlar ki, Nûşirevan zamanında, Büzürcmihr'in vezirliği sırasında Rum ülkesinden bir elçi gelmiş. Nûşirevan'a bildirmişler. İzin verilmiş, elçi kabûl edilmiş. Acem beyleri, töreleri gereği elçiyi ağırlamışlar. Tâ ki elçinin geri döneceği güne kadar.

O gün gelip çatmış. Nûşirevan elçiyi huzuruna çağırtmış. Cevap mektubunu vermiş. Ancak Nûşirevan bir şeyin daha bilinmesini, elçinin de buna şahit olmasını istiyormuş. O da, veziri Büzürcmihr'in ilminin, hünerinin ve ne kadar akıllı olduğunun bilinmesi. Böylece, ülkesinde güçlü bir yönetimin iş başında olduğu izlenimini uyandırmak istiyormuş. Nûşirevan, biraz sohbetten sonra, elçinin yanında veziri Büzürcmihr'e;

"- Ey Efendi!" demiş. "Âlemde ne varsa sen bilir misin?" demiş.

Kendisini, "Bilen söylemez, söyleyen bilmez." sözünce, bilgisizler mertebesinde sayan vezir;

"- Hayır bilmem, ey âlemin pâdişahı." demiş.

Vezirinden "Evet." cevabı bekleyen Nûşirevan, umduğu cevap gelmeyince bir hayal kırıklığı yaşamış. Sanki utanılacak bir duruma düşmüş, kızarıp bozarmış. Vezirine dönüp;

"- Peki kim bilir, bu âlemde her şeyi?" diye sormuş.

Vezir;

"- Bütün âlem gibi olan bir kişi bilir. Ama bütün âlem gibi olan kişi de henüz anasından doğmadı." demiş.

Nûşirevan, bu sözleri duyar duymaz rahatlamış. Büzürcmihr'in ne kadar akıllı olduğunu bir daha anlamış. Büzürcmihr'in bu sözünü Rum ülkesinin elçisi de çok beğenmiş.

Bilgi sahipleri araştırdıkça hiçbir şey bilmediklerini anlarlar. Olgunluk, alçakgönüllülük gösterip susarlar. Bilgisizler ise ukalâlık edip konuşurlar.

Bardaktaki Taşlar

Bir zamanlar Bağdat'ta bir terzi varmış. Küçük dükkânında çabalar durur, geçinip gitmeye çalışırmış.

Bu terzi, dükkanın bir duvarına bir çivi çakmış; çiviye de bir bardak asmış. Ne zaman biri bu dünyadan göçse, yerden bir taş alır ve o bardağın içine kormuş. Ayda bir de bardağı boşaltır, taşları sayarmış. Sanki birisi ona böyle bir görev vermiş de, o da Bağdat'ta kaç kişinin bu dünyadan göçtüğünün hesabını tutarmış.

Terzi bu işi yıllarca sürdürmüş. Sanki sanatının bir parçasıymış gibi devam ettirmiş. Kendisine arada bir, "Söylesene Allah aşkına, ne yapıyorsun böyle?" diye soranlara şu cevabı verirmiş:

"- Bilmiş ol ki, her kim ki doğdu, ölecektir; her kim ki cihana geldi, gidecektir!"

Günlerden bir gün, bu terzinin dükkânının kapısına bir müşteri gelmiş. İşini yaptırıp hemen gidecekmiş. Bakmış ki terzinin dükkânı kapalı. Hemen yandaki komşusunun dükkânına girip sormuş:

"- Efendi, terzi nereye gitti acaba?"

Terzinin komşusu cevap vermiş:

"- Terzi de bardağa girdi! Her ölenin ardından bardağa bir taş bırakırdı. Zaman da onun taşını bıraktı bardağa..."

Adam bu haberi alınca;

"- Demek öyle!" demiş. "Allah rahmet eylesin. Pek de gençti. Ama ne var ki, ölüm yaşa bakmıyor..."

Pek çok güç iş için bir çözüm yolu bulunabilir. Çaresi olmayan tek şey ölümdür. Ölüm zengin, fakir tanımaz; zamanı geldi mi herkesin kapısını çalar.

ANNE RIZASI...

Bir zamanlar Belh şehrinde son derece saf, temiz ve dindar bir adam yaşamaktaymış. Bu adamın Salih adında da bir oğlu varmış. Gerçekten de Salih, adının anlamına yaraşır biriymiş. Yani iyi ahlâk sahibi, doğru ve dürüst bir delikanlıymış. Bir zaman sonra babası vefat etmiş ve Salih yetim kalmış.

Bir gün, ibâdet ederken Salih'in aklına şöyle bir şey gelmiş: "İbâdetimi hiç aksatmadan gece gündüz yapmaya çalışıyorum. Ama bu yeterli değil. Bunun yanında ilim de gerekli. En iyisi o ki, bir başka ülkeye gidip orada ilim öğrenmeli ve bu ilme göre hareket etmeliyim."

Salih, bu düşüncesini annesine açmış ve gitmek için annesinden izin istemiş. Ama annesi ona izin vermeyip;

"- İhtiyarlıkta yoksulluk güçtür. Ey oğul! Gidersen ben yalnız kalır, perişan olurum." demiş.

Salih kendi kendine, "Annem izin vermiyor. Ama benim niyetim iyiye yönelik. Madem ki niyetim iyiye yönelik, annem izin vermese de buradan gitmeli ve düşüncemi gerçekleştirmeliyim." demiş. Derken günün birinde de, annesinin iznini almadan Belh'ten ayrılmış; bilginleri bol olan bir şehre doğru yola çıkmış.

Epey yürüdükten sonra yorulmuş. Bir süre dinlenmek için bir ağacın gölgesi altına oturmuş. Tam o sırada bir kuş gelmiş, ağacın üzerine konmuş. Kuş bu, aşağıdakini düşünecek değil ya! Salih'in üzerine bir güzel terslemiş. Bu duruma kızan, son derece canı sıkılan Salih, kuşa öyle bir öfkeyle bakmış ki, kuş o anda ağaçtan yere düşüp ölmüş.

Öfkesi geçen Salih, bir süre sonra kalkıp tekrar yola koyulmuş. Akşama doğru bir konaklama yerine ulaşmış. Misafir olmak için kapıyı çalmış. Karşısına bir kadın çıkmış. Kadın, onu içeri buyur etmiş, bir köşe gösterip oturtmuş. Kendisine;

"- Çok acıktığınız her hâlinizden belli, biraz sabrederseniz sizin için yemek hazırlayıp getireyim." demiş.

Gerçekten de Salih pek açmış. Midesi kazındıkça kazınıyormuş. Kadın da bir hayli gecikmiş, yemeği bir türlü getirmemiş. Sonunda kadın, elinde yemekle çıkagelmiş. Salih, yemeği getiren kadına öfkeyle bakmış. Bu öfkeli bakışa, kadın kaşlarını çatarak karşılık vermiş ve şöyle demiş:

"- Ey Salih! O ağacın üstündeki kuş gibi, bir öfkeli bakışla beni de öldüreceğini mi sanıyorsun? O kuşa etki eden bakışlarının, bana da etki edeceğini mi sanıyorsun? Hayır, aldanıyorsun! Bu bir hüner değil! Gel, yeri gelmişken sana bir öğüt vereyim: Yapmak, yapıcı olmakta asıl hüner; yıkmak, yıkıcı olmakta değil..."

Bu sözleri işiten Salih, kadının bu kerâmeti karşısında neye uğradığını bilememiş. Hemen toparlanıp kadından özür dilemiş. Kadının nasıl olup da bu bilgiye ulaştığını öğrenmek istemiş. Kadına çekinerek sormuş:

"- Bir sakıncası yoksa lütfen söyler misiniz? Bu ermişler mertebesine nasıl ulaştınız?"

Kadın şu cevabı vermiş:

"- Annemin rızasını gözettim, hoşnutluğunu kazandım, yüce Allah da bana bu mertebeyi nasip etti. Eğer annenin rızasını gözetmiş, onun iznini almadan bu yolculuğa çıkmamış olsaydın, belki sonuç senin için daha hayırlı olurdu. İlim için böyle bir yolculuğa çıkmak zorunda da kalmazdın."

Bu sözleri duyan Salih'in yüreğine bir üzüntü çökmüş. Yazıklanmış, içinden, "Ben ne yaptım!" demiş. Önüne konan yemeği bile yememiş, hemen kalkmış ve tekrar Belh şehrine dönmüş.

O günden sonra annesinin rızasını gözetmeye, hoşnutluğunu kazanmaya çalışmış. Aldığı duaların bereketiyle kısa zamanda ilim ve erdem sahibi olmuş; bilgeliğiyle ün salmış.

Evlâtların, analarına karşı önemli yükümlülükleri vardır. Bu, yüce Allah'ın onlara yüklediği bir sorumluluktur. Bu yükümlülüğü yerine getirmeyenler, Allah katında suç işlemiş olurlar.

İÇİNDEKİLER

Suya Bırakılan Ekmekler 5
Köşklü Gemi 14
Konuk Hakkı 18
Dolandırıcının Emanetçiliği 20
Hünersiz Adam Olur mu? 25
Körükçü 31
Kavun Kabuğu 35
Akıllı Sultan 37
Bağışla ki Bağışlanasın..................... 40
Ağacın Şahitliği 44
Pazarlıkçı Tüccar............................. 53
Tamahkârın Sonu 58
Âdil Vezir 63
Eden Bulur 66
Bir Parça Helva İçin 72
Ne Ekersen... 76
Bilen Kim? 78
Bardaktaki Taşlar 80
Anne Rızası..................................... 83